El duende verde

Jim

Texto:
Manuel L. Alonso

Ilustraciones:
Tino Gatagán

Diseño:
Narcís Fernández

Dirección de la colección:
Antonio Basanta
Luis Vázquez

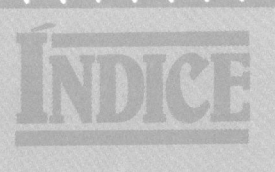

ÍNDICE

Querido lector:

Hazme un favor: mira a tu espalda. Asegúrate de que nadie nos va a interrumpir. Si es preciso, levántate, cierra la puerta, y apoya contra ella una silla o una butaca.

¿Estamos solos? Vale. Ahora atiende bien: esto que vas a leer es, entre otras cosas, una historia de amor.

Las historias de amor no son para comentarlas en grupo. Mejor tú y yo solos para hablar de ello. Aunque adivino que desconfías. No te parece probable encontrar una historia de amor en un libro infantil, y supones que al final saldré diciendo que yo hablaba de amor a las flores y los pajaritos, o algo por el estilo.

Nada de eso. Hablo de una historia de amor entre una chica y un chico de doce años.

Si crees que un libro con ese tema no te puede interesar, permíteme decirte que no tienes ni idea de cómo son los libros interesantes, lo que sería muy grave, o que aún no sabes una palabra del amor, lo que sería peor todavía. Por lo demás, encontrarás otras cosas en el libro. He intentado que la historia sea de "emoción, intriga, y dolor de barriga".

Ahora te diré algo sobre los protagonistas. Jesús, llamado Jim, existió realmente. Era tal como aparece en el libro, o así lo recuerdo yo. Elena es un personaje inventado. Me hubiera gustado mucho conocer a alguien como ella. A los doce años no tenía ninguna amiga así. Si hubiera conocido a alguien como Elena, que ama la libertad, que es divertida, leal, valiente, ¡y guapa!, te puedo asegurar que me hubiese enamorado de ella.

A la edad de Jim, de Elena, a tu edad, yo quería ser explorador y pirata. Ahora, después de haber recorrido muchos miles de kilómetros por regiones poco conocidas y haber vivido en varias islas, sigo pensando que soñar con ese tipo de cosas es bueno.

Y que tener un amigo o amiga con quien compartir esos sueños es lo mejor de todo.

JIM

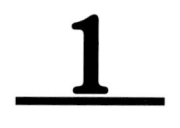

EL viento recorría las calles aullando como un lobo y agitando con furia las peladas ramas de los árboles. Detrás de los cristales de su balcón, Elena observaba a aquel niño. Era la primera vez que lo veía pero, sin saber por qué, estaba convencida de que aquel chico tenía un secreto.

Elena y su familia habían terminado de instalarse ese mismo día en la nueva casa. Hacía mucho frío. Después de pasar varios días ocupados con los preparativos, todos estaban nerviosos y malhumorados, de modo que el traslado no había resultado tan divertido como ella esperaba.

La casa le gustaba. No era nueva, ni mucho menos, pero sus habitaciones de altos techos tenían un aspecto vagamente misterioso que la hacía muy interesante. De las dos plantas, por el momento sólo iban a usar la de arriba, donde estaban los dormitorios principales, cada uno con su balcón.

Habían aprovechado para mudarse las vacaciones de Navidad. Elena, que iba a cambiar de colegio, no dejaba de preguntarse si el nuevo le gustaría. Otro colegio significaba otras compañeras, otras costumbres, y a ella le costaba hacer amigas nuevas.

Desde el balcón de su cuarto podía casi tocar las ramas de un árbol. Según su padre, era un plátano. Le gustaba tenerlo tan cerca. Cuando llegase la primavera y crecieran las ramas hasta el balcón sería como tener un árbol propio.

El niño solitario que jugaba sin miedo al frío la vio de pronto, levantó la mano y la saludó seriamente. Elena, sin responder al saludo, se metió hacia el interior de la casa.

La madre de Elena estaba fregándolo todo de arriba abajo una vez más, de forma que ella se tuvo que quedar subida en una silla con los pies en alto porque no se podía pisar el suelo mojado.

—Mamá, espero que no haya que vivir siempre así. Es como estar de visita en un museo.

—Pues más vale que te acostumbres a cuidar las cosas, y no como en la otra casa, hija. Nos hemos gastado un dineral.

La madre de Elena no era una mujer alegre. Además siempre hablaba de dinero.

No se puede esperar que sea alegre alguien que siempre está preocupado por el dinero.

Para complicar las cosas, Elena recordó a su padre durante la cena que le había prometido —o casi— una bicicleta para aquellas navidades. La madre no quiso ni oír hablar de ello, y el padre dijo que de momento imposible, que tal vez para el verano. A Elena le parecía que faltaban años y años para el verano. ¿Cómo iba a esperar tanto?

—No hay derecho, me la habíais prometido.

—No es verdad, niña. Tu padre dijo que ya veríamos. Y ya estás viendo... que no puede ser.

Elena no dijo nada, pero decidió que, para presionarles, iniciaría en seguida una huelga de hambre. De modo que cenó el doble que de costumbre, porque sólo de imaginar su sacrificio ya se sentía desfallecer. Aunque estaba delgada, Elena comía muchísimo. Después de la cena se encerró sin que la vieran en el cuarto trastero.

No se estaba nada bien allí. Hacía frío y olía mal. Elena se figuraba que era igual que la bodega de un barco, aunque nunca había estado en una. Las había visto en las películas, eso sí. Las películas de barcos le gustaban mucho, sobre todo *Moby Dick* y *La Isla del Tesoro*.

Estuvo un rato escondida, imaginándose que era una prisionera de los piratas, hasta que se cansó de aquel juego. Luego buscó a su madre. ¡Otra vez estaba fregando los suelos! Elena empezó a preocuparse. Con la mudanza, mamá se había vuelto loca. Para pasar al baño tuvo que ir dando saltitos sobre hojas de periódico.

Antes de acostarse cogió dos pastillas de chocolate y se las guardó en el vestido para comerlas en la cama. Su huelga de hambre había durado casi dos horas, y nadie se había enterado. Le daban ganas de decirle a su madre que había estado a punto de perder a su única hija (tenía un hermano muy pequeño, pero era niño) y ella fregando como si nada.

Tardó mucho en dormirse. Todos los libros y tebeos los tenía ya leídos y releídos. Al día siguiente trataría de conseguir dinero para comprar algún tebeo nuevo; no se puede estar sin amigas y sin nada para leer.

Cuando ya se dormía se acordó sin saber por qué del chico que había visto desde el balcón, y empezó a preguntarse cómo se llamaría. Se le ocurrían muchísimos nombres de chico, pero ninguno le iba bien a él. Lo mejor sería llamarle como al protagonista de *La Isla del Tesoro:* Jim.

Cuando se levantó a la mañana siguiente, las calles estaban blancas de escarcha, había charcos helados, y las ramas del plátano parecían de caramelo. A pesar de eso, salió bastante temprano para buscar una "tebeoría". Elena llamaba "tebeoría" a las tiendas donde venden tebeos. Su padre le había dado un poco de dinero ("a condición de que no se lo digas a mamá") y estaba impaciente por ver si el barrio estaba bien de "tebeorías".

Había una cerca de casa, pero no eran nada amables. Encontró otra mucho mejor en la avenida donde vivía, pero bastante más abajo. Luego se paseó un poco a pesar del frío; no tenía ninguna prisa por volver a casa, porque aquella mañana el nene estaba muy impertinente y seguro que mamá la obligaba a hacer de niñera. Había días en que el nene no paraba de llorar, y Elena se lamentaba de haber dicho que le hacía ilusión tener un hermanito.

Le gustaba su casa vista por fuera, y se estuvo un rato mirándola desde la acera de enfrente. La casa hacía esquina en el cruce de la avenida con una calle más bien estrecha en la que había algunos edificios antiguos. En esa calle, jugando solo como el día anterior, estaba el mismo chico. Elena se acercó a él y se quedó mirando. El chico estaba sentado en un portal. En un gran bloc de dibujo había representado toda una batalla entre indios y vaqueros, con algunos caídos en tierra y muchas flechas volando por el aire.

—¿Quiénes son los buenos? —preguntó Elena— ¿Los vaqueros o los indios?

—Los indios. ¿No ves que hay menos?

El niño siguió dibujando sin hacerle demasiado caso, pero Elena estaba decidida a no irse sin saber su nombre.

—Yo me llamo Elena, pero me puedes llamar Ele. ¿Y tú?

—Yo me llamo Jesús. Pero me puedes llamar Je.

—Muy gracioso. Pero yo te lo decía en serio. Mis amigas me llaman Ele. Me gusta más que Elenita.

Él dijo que no le extrañaba, y ella se quedó pensando que después de todo no había andado muy lejos al llamarle Jim; por lo menos había acertado la inicial.

—Ahora tengo que irme, pero si quieres podemos quedar para esta tarde.

—Bueno —asintió Jesús.

—¿Aquí mismo? Podríamos quedar para las cuatro.

Jesús dijo que le parecía bien. La miraba mucho pero hablaba poco. A las cuatro en punto, cuando Elena bajó a reunirse con él lo encontró ya sentado en el mismo sitio.

—Hola, Jim.

—¿Jim?

—Si no te importa, te llamaré Jim. Es el nombre del protagonista de *La Isla del Tesoro*.

—El protagonista se llamaba John Silver.

—¿Tú crees?

Jesús ni siquiera se molestó en responder. Parecía enfadado o molesto, aunque Elena no podía adivinar el motivo.

—Había pensado que fuéramos a explorar —dijo él por fin— pero con ese abrigo blanco no puedes ir de exploración.

Elena reflexionó comprendiendo que él tenía razón:

—Podríamos ir a explorar el Polo Norte.

Jesús la miró con admiración.

—Es una idea muy buena. Vamos.

Se pusieron en marcha y pronto habían salido del barrio. Elena tenía permiso para estar fuera hasta el anochecer, y eso porque a su madre le había dicho que iba a casa de una de sus antiguas compañeras. Fueron a un parque muy grande que Jesús parecía conocer perfectamente. Como hacía mucho frío, estaba casi tan desierto como el Polo.

—Conozco sitios por donde no pasa nadie. Seguramente soy el primer ser humano que ha pisado esos parajes —decía Jesús.

—¿Qué significa parajes?

—Es una palabra que emplea mi padre.

—¿Tu padre a qué se dedica?

Jesús se quedó en silencio; estaba claro que no quería hablar de aquello. A Elena empezaba a parecerle de veras misterioso.

—¿Y cómo conoces tantos parajes?

—Porque soy explorador.

—Ya. ¿Y qué más?

—Y pirata.

Nunca se sabía si Jesús hablaba en serio o en broma. Elena pensó que para un chico de apenas doce años no está nada mal ser explorador y pirata, y se alegró de que él la hubiera aceptado por amiga.

—A mí también me gustaría ser explorado-
ra.

—Imposible. Las mujeres no salen a explorar.

—Pues pirata.

—Menos.

A Elena nunca se le había ocurrido pensar
que el hecho de ser chica fuera un inconveniente tan grande. Empezó a darse pellizquitos
en la punta de la nariz como hacía siempre que
pensaba en algo particularmente difícil.

—Me gustaría saber qué hacen las mujeres
de los exploradores y de los piratas.

—Se quedan en casa, supongo. Haciendo la
comida y esas cosas.

—¿Por qué?

—Chssst, silencio ahora. Estamos atravesan-
do una zona peligrosa. Mucho cuidado con
caer al río. Hay cocodrilos.

Jesús conocía por su nombre muchos árboles y plantas. Recogió unas hojas de una planta llamada llantén, diciendo que servían para
curar heridas y contra los dolores de muelas.
Explicó que hay plantas que curan, otras que
son venenosas, y algunas que pueden comerse.
Dijo seriamente que él había comido a veces
ciertas flores.

—¿Como cuáles? —preguntó Elena, que no acababa de creerlo.

—Por ejemplo, unas florecitas pequeñas que se llaman diente de león. Son muy buenas en ensalada, y con las raíces se puede hacer una especie de café. Son cosas que sabemos los exploradores.

Vieron sauces llorones, que tenían las ramas colgando como lianas de las películas de Tarzán, con lo cual aumentaba la impresión de ir por la selva. Elena pensaba en el misterio del padre de Jesús. Se le ocurrió que posiblemente era policía, o agente secreto, y por eso él no podía decir nada.

Jesús decía que el verdadero explorador es capaz de recorrer centenares de kilómetros a pie, y que en la selva nunca falta comida.

—¿Y en el desierto?

—También hay muchísima comida. Dátiles, lagartos, hormigas...

—No hay nadie que coma hormigas. ¿Y qué me dices del agua?

—Dentro de los cactos. Y debajo de la tierra. Un explorador sabe cómo sacar agua de debajo de la tierra.

—¿En serio?

Elena apenas podía creer todo aquello. No dudaba de que Jesús decía la verdad, pero le parecía rarísima la vida del explorador, que deja en casa a su mujer haciendo la comida y se va por ahí a comer hormigas.

—Me parece que prefiero ser pirata —decidió.

—Otro día —dijo Jesús—. Hoy somos exploradores. ¿No ves que en el Polo no puede haber piratas?

Lo pasaron tan bien explorando el Polo que se hizo de noche sin que se dieran cuenta y luego tuvieron que volver al barrio corriendo.

2

LOS días de vacaciones pasaron volando, a pesar de que por haber vuelto tarde a casa el día del Polo a Elena no la dejaban salir.

La tía Aurelia y el tío Domingo, que vivían en otra ciudad, estuvieron unos días en casa de Elena. Por las noches jugaban al parchís y a Elena la dejaban estar levantada hasta bastante tarde. Entre ella y el tío Domingo ganaban casi todas las partidas. Con el dinero invitaron a todos al cine. Vieron una película parecida a las de *Robin Hood* y las de los *Caballeros de la Tabla Redonda*. A Elena le gustaban las peleas a espada y con arco o ballesta, pero se aburría cuando no pasaba nada. Lo más emocionante fue cuando el protagonista y su amigo se hacían hermanos de armas y decidían compartirlo todo. Al final, al amigo lo mataban. Es lo que siempre pasa con el amigo del bueno.

A veces, desde el balcón, Elena veía a Jesús jugando siempre solo con tapones de cerveza, o dibujando en su bloc. El día de la exploración le había preguntado si no vivían más niños en la calle y Jesús le explicó que había muchos, y también chicas, pero que en invierno no les dejaban salir.

Pasaron los Reyes, que aquel año no se portaron demasiado bien, y llegó el momento de volver al colegio. A Elena el primer día de clase no le gustó demasiado. Las niñas la miraban todo el rato pero sin acercarse a hablar con ella, y la monja tenía mal genio y daba unos gritos que ponía los pelos de punta. Hasta después de un par de días no empezó Elena a hacerse amiga de otra niña. Se llamaba Pilar Maestro, y decía que había estado en Inglaterra y que sabía decir algunas cosas en inglés. Le explicó que "muy bien" se dice "very well". Ella lo decía todo el rato.

El primer sábado después de reanudarse las clases, Elena fue a jugar a casa de Pilar Maestro. Pilar tenía una gata blanca, de angora, que se llamaba Sofía y era muy presumida. También Pilar era muy presumida. Decía que de mayor iba a ser modelo.

Le preguntó a Elena qué pensaba ser ella, y
cuando Elena dijo que pirata se quedó tan des-
concertada que ya no habló en un buen rato.

A Elena no le gustaba la gata Sofía. En realidad no le gustaba ningún gato. Prefería un
perro, a pesar de que nunca había podido
tener uno. Aunque lo que más le hubiera gustado era un mono o un loro.

Al volver a su casa aquel sábado vio a Jesús
y se alegró muchísimo.

—Hola, Ele —dijo él, tan serio como siempre.

—Hola, Jim. ¿Hoy no vas a explorar?

—Estoy planeando una expedición para
mañana por la mañana. Los domingos por la
mañana son buenos para explorar porque todo
el mundo se queda en la cama y no te encuen-
tras a nadie. ¿Querrás venir?

—Por mí very well, pero no sé si me dejarán.

A la mañana siguiente, Elena se levantó muy
temprano diciendo que iba a casa de los abuelos, y tanta prisa se dio en hacerlo que antes de
media mañana ya estaba de vuelta y pudo
encontrarse con Jesús.

—¿Adónde es la expedición?

—Ya lo verás. Prefiero no decírtelo, porque
a lo mejor te asustas y no quieres venir.

—¿Por qué iba a asustarme?

—Porque eres una niña.

—Ya estamos con eso. Sin embargo hoy no me he puesto el abrigo blanco, y además llevo pantalones, igual que tú.

—No es lo mismo. Una niña es una niña. No creas que me gusta que me vean jugando con una niña. Anda, vámonos.

El día no empezaba bien.

La expedición sobrepasó las fantasías de Elena, pues Jesús la condujo a través de un largo laberinto de calles desconocidas y no se detuvo hasta llegar al cementerio.

—¿Es aquí donde está tu padre, Jim?

—¿Mi padre? ¿Por qué te figuras que ha muerto?

—¿Entonces todavía vive?

—Claro que sí.

Estuvieron recorriendo los senderos del cementerio, entre tumbas y altas paredes agujereadas de nichos. Jesús explicó que debían tener mucho cuidado porque estaban en territorio indio y si les descubrían les cortarían la cabellera. Elena, que tenía un bonito pelo y aquella mañana lo llevaba recogido en una cola de caballo, se estremecía, pero no tanto por

miedo a los indios como por el frío y la atmós-
fera triste de aquel lugar. Acabó pidiendo a
Jesús que se fueran a otra parte. Como no
quería que él pudiese acusarla de ser una chica
miedosa, propuso guiar ella la expedición.

El resultado fue que se perdieron en un
barrio que ninguno de los dos conocía y otra
vez Elena llegó tarde a casa.

Nadie le riñó porque había una novedad desdichada, y era que el hermanito de Elena había caído enfermo. El médico acababa de irse cuando ella llegó. Había diagnosticado sarampión. Los padres de Elena estaban preocupados.

Por ayudar, y en vista de que aquel día nadie pensaba en la comida, la misma Elena se puso a prepararla. Era la primera vez, y lo cierto es que nunca se había fijado demasiado en cómo lo hacía su madre.

Metió al puchero unas patatas, trozos de carne y un puñado de arroz. Recordaba que un día su padre había hecho una comida parecida diciendo que la había aprendido en el servicio militar: él la llamaba rancho. Pero hubo algún fallo en el rancho de Elena, y el resultado fue francamente malo. Unas cosas estaban crudas y otras pasadas, y además se habían pegado. Cuando quiso anunciar que ella misma había hecho la comida no se sentía nada segura del éxito y avisó primero a su padre. Él tenía más sentido del humor que mamá y no se enfadaría por el destrozo.

Le dio a probar una cucharada. El padre la paladeó, con los ojos cerrados, poniendo unas caras rarísimas, y haciendo un gran esfuerzo se tragó aquella extraña sustancia.

—Muy rico, hija. Pero será mejor que tu madre haga unos huevos fritos.

—¿Y qué haremos con esta comida?

—Podemos emplearla para rellenar un bache que hay en la acera.

A Elena no le desanimó el pobre resultado de su intento. Ella jamás había deseado dedicarse a cocinar.

Esa tarde volvió a casa de Pilar Maestro, confiando en que con un poco de suerte vería otra vez a Jesús.

Pilar estaba imposible. Si jugaban a las damas y perdía, se enfadaba y quería ver la televisión, y si por casualidad se ponían a mirar algún programa entretenido o una película se empeñaba en hablar todo el tiempo. Ni una sola vez permitió a Elena elegir lo que podían hacer. Cuando Elena protestó, dijo Pilar:

—Jugaremos a lo que yo mande, que para eso estamos en mi casa.

—Very well —respondió Elena—, pues juega con tu gata porque yo me voy.

Mientras bajaba la escalera, Pilar, en la puerta del piso, murmuraba:

—Pirata, puagh, vaya cosa.

Y lo peor fue que, por una vez, Jesús no estaba en la calle.

Al acostarse, Elena se tapó aquel día hasta arriba de la cabeza y se figuró que iba en un barco, que naufragaba y que finalmente conseguía llegar a una isla desierta. Llevaba bastante tiempo en la isla buscando cocos o piñas sin éxito, y empezaba a preguntarse si sería capaz de comer hormigas, cuando se quedó dormida.

Poco a poco Elena iba adquiriendo nuevas amigas. Las mejores eran María Tejada, una gordita que era la empollona de la clase, y Angelita Campo, pequeñita y rubia, capitana del equipo de gimnasia.

Las monjas no le caían muy bien. Tenía la impresión de que las del colegio anterior eran mejores en todos los aspectos, y que habían salido perdiendo con el cambio.

En enero tenía ya tantas ganas de que acabase el curso que contaba los días que aún faltaban para las vacaciones de verano.

Empezó a ahorrar para comprarse el libro de *La Isla del Tesoro,* porque aunque había visto la película el libro todavía no lo había leído. Casi todos los que tenía eran de niñas: *Mujercitas, Pollyanna, Heidi* y otros por el estilo. En general le habían gustado todos, pero ahora que se iba haciendo mayor, según decía ella misma, le gustaban menos los libros de niñas y más los de misterio y aventuras. A su padre no le parecía mal, pero su madre la reñía:

—Hija mía, estás hecha un chicazo.

Al parecer, todo lo que a ella le gustaba era cosa de chicos. Irse por calles desconocidas a explorar, leer libros de aventuras, silbar, tirarse por el suelo, todo estaba bien para los chicos y mal para las niñas. Era un fastidio.

Al nene se le había cubierto la piel de puntitos rojos. Daba tanta pena que Elena lloraba o poco menos cada vez que entraba a su cuarto. A escondidas, porque sus padres no la dejaban por temor al contagio.

Seguía haciendo frío. En clase, con calefacción y todo, a veces se les quedaban las piernas heladas por las corrientes de aire, ya que el edificio era bastante viejo, tenía grietas, y algunas ventanas no ajustaban bien. Sor Engracia se enfadaba cuando sacaban el pañuelo varias al mismo tiempo. Decía que tenían que aprender a sonarse sin ruido. Al parecer, también los mocos eran cosa de chicos.

La probaron para el equipo de gimnasia pero todo el mundo estuvo de acuerdo —menos Angelita Campo, que era su amiga—

en que Elena era demasiado torpe. Hacía bien las figuras, pero sin gracia.

—Hija mía —dijo la sor de gimnasia— no tienes idea de lo que es armonía.

La sor de música le había dicho exactamente lo mismo, pero a pesar de eso la había admitido en el coro porque tenía buena voz.

Cuando le contó a su madre que la habían rechazado en el equipo de gimnasia, la madre dijo que mejor porque así se ahorraba unos cuantos gastos.

Un día, a fuerza de entrar a ver al pequeño, pasó lo que tenía que pasar, que acabó contagiándose. Tuvo que guardar cama, y permanecer todo el tiempo con la habitación en penumbra que le impedía leer. La fiebre le hacía soñar cosas raras e incluso imaginarlas estando despierta. Como no podía recibir visitas de sus amigas, cada día estaba más triste.

Entonces, al tercer día, cuando menos lo esperaba, recibió una carta. Se la entregó su madre al volver de la compra.

—Toma, me la ha dado ese chico que se pasa todo el día en la calle, probrecito.

Era una carta bastante corta, escrita con letra no muy buena, pero le alegró muchísimo recibirla. Decía:

Amiga Ele:

Espero que al recibo de la presente estés mejor y que pronto te pongas bien del todo y puedas salir para ir juntos a explorar y buscar Aventuras.

Si necesitas hierbas medicinales sólo tienes que decírmelo. Iré a por ellas aunque sea al Fin del Mundo.

Iría a verte si pudiera, porque a mí no me asusta ninguna enfermedad, pero se lo he pedido a tu madre y dice que ni hablar.

Esta tarde, después de clase, iré al Caribe o a Alaska. Si encuentro algún tesoro te guardaré tu parte.

(Ahora viene la Parte Secreta de la carta, que no debe leer nadie más que tú).

Si quieres, cuando volvamos a vernos nos haremos Novios

Esto último a Elena le pareció un poco preci-
pitado, pero como estaba enferma y triste, en
lugar de enfadarse aquellas palabras la alegra-
ron.

La firma al pie del papel la hizo casi tan feliz
como la propia carta, porque Jesús, aceptando
definitivamente el nombre que ella le había
adjudicado, firmaba así:

3

PARA impedir que entrase demasiada luz, la madre de Elena había puesto en su balcón unas pesadas cortinas con unas flores de formas extrañas. A veces, a Elena las flores le parecían caras humanas, como de bruja, con larga nariz y barbilla puntiaguda. Lo raro era que otras veces esas mismas flores parecían cabezas barbudas, de un vagabundo, cubiertas por sombreros rotos.

Un día Elena soñó, o imaginó, que la bruja regalaba al pobre vagabundo una bufanda, y él se la ponía muy contento y se iba caminando por las calles heladas y desiertas. Más tarde

empezaba a hacer calor, salía el sol, y el vagabundo intentaba quitarse la bufanda. Pero no
podía de ningún modo y la bufanda le rodeaba
el cuello cada vez más apretada hasta que...

Elena se dio cuenta de que en el delirio de la
fiebre se había quitado el pijama o simplemente se le había ido subiendo, y lo tenía en torno
al cuello. La verdad es que nunca llegó a saber
con certeza lo que había pasado. Todo era muy
confuso aquellos días.

Por ejemplo, lo del barquito. Era un velero
pintado en una pequeña acuarela colgada junto
al balcón. Navegaba solo en un mar tranquilo
hacia la costa en la que había un faro y unas
palmeras. En algunos momentos, Elena tenía
la impresión de que el barquito avanzaba de
veras y hasta le parecía verlo más cerca de la
tierra. Entonces lo observaba durante muchísimo tiempo con la mayor atención. El barquito,
naturalmente, permanecía inmóvil en el centro
del pequeño cuadro. Sólo cuando Elena se dis-
traía parecía avanzar un poco más. Jamás consiguió verlo en movimiento, pero a veces, de
noche, con los párpados entornados, estaba
casi segura de que se balanceaba aproximándo-
se al faro.

También soñó Elena que el tío Domingo se moría.

Angelita Campo y María Tejada fueron a verla por fin, ya que según decían ellas ya habían pasado el sarampión. La madre de Elena dijo después que le habían parecido unas muchachas muy buenas, sobre todo María Tejada, la empollona, y le preguntó que si eran sus mejores amigas. Elena dijo que sí aunque pensaba que su mejor amigo era en realidad Jesús. A ella la Tejada le parecía un poco repipi, con sus libros tan bien cuidados y sus zapatos relucientes, y además siempre la primera en la clase. La gente como ella, pensaba Elena, es un fastidio, porque sirven para que las madres digan "Mira la Tejada, ya podías parecerte a ella".

Como no podía leer, se pasaba el día escuchando la radio. Pidió que le pusieran la cuna del pequeñín al lado de la cama, ya que ahora no había inconveniente en que estuviesen juntos, y se entretenía cantándole canciones con unas letras muy tontas que ella misma se inventaba. El nene tenía poco pelo y unos ojos muy grandes que daban la impresión de que lo comprendían todo. Sólo hablaba dos o tres palabras.

El padre llegaba muy tarde del trabajo, entraba a verles y llamaba "machote" al nene. A ella le decía:

—Hola, hija.

Nada más. Era de esos padres silenciosos que no parecen saber cómo hablar con los hijos. Elena pensaba que le hubiera gustado tener un padre como el de Jesús, que le llevaba al campo, a hacer excursiones y a nadar. Por lo menos eso decía él, aunque Elena nunca lo había visto, al padre.

El primer día que pudo leer, Elena se encontró una sorpresa: su padre, que había debido de oírla hablar de *La Isla del Tesoro*, le llevó el libro. Elena pensó que, después de todo, no cambiaría a su padre por ningún otro. El libro lo guardó debajo de la almohada y de vez en cuando se leía unas pocas páginas; no muchas porque quería que le durase por lo menos hasta que pudiera levantarse.

Angelita Campo y María Tejada fueron otra vez a visitarla, pero la madre de Elena no las dejó pasar porque las había oído mientras subían por la escalera y así supo que no era cierto que hubieran tenido el sarampión. Elena no sabía si estarles agradecida por el peligro que habían corrido o pensar que lo único que buscaban aquellas dos era contagiarse para estar unos días sin ir al cole.

A veces pensaba que le hubiera gustado ir a una escuela como la de Jesús, que era mixta, de chicos y chicas. Así se habrían visto todos los días. Pero no había nada que hacer. Su madre estaba encantada con las monjas, aunque Elena no podía comprender por qué.

Jim Hawkins, el protagonista de *La Isla del Tesoro*, le gustaba mucho porque era valiente y decidido, pero también le gustaba John Silver, a pesar de que no había manera de saber si era bueno o malo. Por otra parte, Silver tenía una pata de palo, cosa que a Elena le parecía muy romántica. Pensaba que era una pena que las patas de palo se hubiesen pasado de moda.

* * *

Después de la enfermedad, Elena se encontraba tan rara que apenas se reconocía. Había crecido mucho; su madre dijo que se le habían quedado unas piernas como patas de cigüeña. También le había cambiado la voz. El primer día que volvió a cantar en el coro, la sor le dijo que parecía un sapo. Entre lo de la cigüeña y lo del sapo, Elena estuvo unos días tan acomplejada que se pasaba los recreos llorando a escondidas.

Coincidiendo con la llegada de la primavera hubo varias novedades. La tía Aurelia llamó para comunicar que el tío Domingo había muerto. El abuelo decía que hay que ver, un hombre tan alto como un castillo, y que no somos nada, y mirando al nene que ya se andaba solo, murmuraba:

—Unos nos vamos y otros vienen, es ley de vida.

La verdad era que el nene andar andar no andaba mucho. Daba dos pasos, se sentaba en el suelo y avanzaba con el culo a rastras. Eso sí, se comía todo lo que pillaba, hasta pedazos de tebeo.

Con la Semana Santa, a Elena le dieron unos días de vacaciones. En cierto modo, sintió dejar de ir a clase, porque acababan de cambiarles a la profesora y ahora, en lugar de la gruñona sor Engracia, había otra —sor Josefina— que no se enfadaba nunca. Elena pensaba que era muy guapa, para ser monja, y se asombraba de la cantidad de cosas que sabía; con ella hasta daban ganas de estudiar. La nueva sor le había dicho que si ella quisiera podría ser la primera de la clase, pero de momento la primera seguía siendo la Tejada. Elena estaba convencida de que a la Tejada los deberes se los hacía su padre.

El primer día de las vacaciones de Semana Santa se lo pasó en el balcón tratando de ver a Jesús. El plátano había retoñado pero sus ramas no eran aún largas como ella había esperado que fuesen. De Jesús no había ni rastro pero al salir a un recado conoció a dos hermanas que vivían en la misma calle. Eran pequeñitas y vivarachas como dos monitos, y puesto que se apellidaban Carmona en seguida Elena decidió que las llamaría (en secreto) las Caramona. Les preguntó que si conocían a Jesús, y Paquita y Lolín Caramona le dijeron que sí pero que no hablaban con él porque su madre se lo había prohibido.

—¿Por qué?

—Por que va todo el día hecho un adán, y por lo de su padre.

Les preguntó qué ocurría con su padre pero no se lo quisieron decir. En cambio le dijeron que seguramente Jesús debía de estar paseando a Sam, que era un perro San Bernando de una vecina. Efectivamente, más tarde los vio desde el balcón. Jesús iba muy orgulloso con el enorme perro, y la saludó agitando el brazo.

Elena se acordaba de la carta que él le había escrito y se preguntaba qué ocurriría cuando volvieran a verse.

A la mañana siguiente, su madre le dijo que bajara a pasear al nene para que le diera un poco el sol.

—Pero mamá, si está nublado.

—Tú llévatelo y no me repliques.

No tuvo más remedio que obedecer, aun sabiendo que con el nene a su cargo no había manera de ir a buscar aventuras, ni a la selva, ni al desierto, ni nada.

Jesús salió de casa de una vecina llevando a Sam, y por lo menos pudo hablar con él unos minutos. Al principio Jesús se ponía colorado, a lo mejor por lo que le había escrito de ser novios, y porque ella estaba ahora, según decía todo el mundo, mucho más guapa. Pero sólo hablaron del perro. Que pesaba casi setenta kilos. Que era muy manso. Que no ladraba nunca. Que le gustaban los niños. Que no le gustaban los perros pequeños. Que el domingo se lo dejarían a Jesús todo el día porque la dueña iba a estar fuera. Venga a hablar del perro. Hasta que al irse, Jesús, comprendiendo que no había sido muy amable, hizo una caricia al hermanito de Elena. Pero el nene se asustó y se puso a llorar.

Al otro día Elena tuvo que salir de nuevo con su hermanito, pero ese día no vio a Jesús. Las Caramona le explicaron que había ido temprano con su madre a la cárcel, a visitar a su padre que estaba preso. No quiso creerlas, pero tampoco le parecía bien llamarlas mentirosas. La invitaron a subir a su casa. Era una

casa muy elegante, pero olía a medicinas. Había una vieja en una silla que permanecía inmóvil como una muerta. El nene se puso a llorar nada más verla —u olerla.

En la pared del salón unas rayitas señalaban la estatura de las hermanas; al parecer las medían todos los meses para comprobar cuánto iban creciendo. La madre de las Caramona insistió en que Elena se aproximara a la pared para medirla también, y era quince centímetros más alta que la mayor de las hermanas, cosa que no le gustó a nadie.

Elena se fue enseguida porque aquella casa era un aburrimiento. Todo el tiempo estaban pendientes de ellas:

—Niñas, cuidado no vayáis a romper algo. Niñas, estaos quietecitas. Niñas, no hagáis tanto ruido.

Así no había manera de jugar.

Al salir de la casa vio a Jesús, que llegaba con su madre. Los dos iban vestidos como si fuera domingo y tenían esa expresión del que viene del dentista o de un entierro. Hasta le pareció que Jesús había llorado. Eso le impresionó muchísimo porque de ninguna manera podía imaginarse a Jesús llorando. Ya se sabe (el padre de ella se lo decía incluso al nene) que los hombres no deben llorar. Se saludaron con un gesto y se quedó mirando a su amigo sin saber qué pensar mientras él entraba con su madre en la vieja casa donde vivían.

Más tarde, mientras daban la comida al nene, Elena le preguntó a su madre por aquella familia. Su madre pretendía no conocer todavía a los vecinos, pero Elena sabía que estaba enterada de casi todo lo que ocurría en la calle.

—Es cierto que el padre está en la cárcel. Y la madre trabaja todo el día, por eso se pasa el pobre niño tanto tiempo en la calle.

Elena preguntó cuál era el delito que había cometido el padre de Jesús, pero eso su madre no lo sabía.

—A lo mejor le acusaron de un crimen y resulta que es inocente —opinó Elena.

—A nosotras eso nos tiene sin cuidado. Tú lo que tienes que hacer es no ir con ese niño.

—Pero los hijos no tiene la culpa de lo que hayan podido hacer los padres.

—No te lo digo sólo porque su padre esté en la cárcel sino porque no me gusta que hables con los chicos, y menos con ése, y ya está.

Elena se quedó pensando que ojalá estuvieran en los tiempos de *La Isla del Tesoro,* para ir por los siete mares buscando a los que habían acusado al padre de Jesús. Encontraba injusto que su madre le prohibiera ver a su amigo, y sin pensarlo dos veces se rebeló contra aquella orden.

—Si no me dejas verle más me escaparé de casa.

Entonces su madre le dio una torta y Elena se fue a su cuarto llorando.

Se sentía muy desgraciada.

Pero lo peor de aquel día estaba por ocurrir.

Sucedió al atardecer y pudo verlo desde el balcón. Las hermanas Caramona se paseaban por la avenida con un chico muy alto y con una cara muy parecida a la de ellas, una especie de King Kong. Elena, que sabía que las Caramona no tenían hermanos, supuso que se trataba de un primo. King Kong aparentaba por lo menos catorce años.

De pronto, en la misma esquina, el grupo se encontró con Jesús. Cambiaron unas palabras que Elena no pudo oír, y las hermanas empezaron a empujar a su primo contra Jesús. Elena lo veía todo asombrada: cómo se refugiaban las dos niñas detrás del grandote provocando o insultando a Jesús, y cómo él intentaba seguir su camino pero King Kong lo cogía por el cuello y lo sacudía fácilmente. Era el doble de alto, y a Elena se le llenaban los ojos de lágrimas contemplando aquel abuso. Hubiera querido salir al balcón para insultar al grandullón, pero no lo hizo porque entonces Jesús se hubiera sentido avergonzado. Vio cómo King Kong le pegaba a su amigo un puñetazo en el estómago y se tapó los ojos para no seguir sufriendo.

Pero entonces oyó los gritos de las Caramona y comprendió que ocurría algo inesperado.

Al abrir los ojos de nuevo, casi no podía creer lo que veía. Jesús había embestido a King Kong con la cabeza baja, golpeando con manos y pies, y antes de un minuto lo tenía en el suelo patas arriba.

Entonces sí. Entonces Elena salió al balcón y se puso a dar gritos con todas sus fuerzas, aplaudiendo y vitoreando a su amigo. Él la miraba orgulloso y serio, modesto como los verdaderos héroes. Las Caramona le dirigían gestos despectivos. King Kong, sentado en el suelo, no decía ni mu. Fue un maravilloso mi-

nuto de gloria que terminó demasiado pronto, cuando la madre de Elena la obligó a entrar y le dijo que si estaba loca para organizar aquel escándalo, y que castigada sin salir en todas las vacaciones.

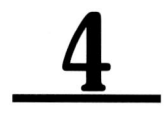

4

A VECES las circunstancias parecen estar contra la propia voluntad, y se tiene la impresión de que todo va a salir siempre mal. Pero es preciso confiar en uno mismo, y en la suerte, y no desanimarse pase lo que pase. Casi siempre se obtiene lo que se desea, si se desea con fuerza. Lo malo es conseguir las cosas demasiado tarde. A Elena lo que más le importaba en el mundo era volver a salir con Jesús, y los días de castigo pasaban uno tras otro, infinitamente lentos, sin hacerle olvidar su deseo sino todo lo contrario.

Por fin llegó el domingo, y sus padres se fueron con el pequeño, y ella consiguió quedarse en casa. No hace falta decir que tan pronto como vio a su amigo paseando al perro San Bernardo le faltó tiempo para bajar a la calle.

Fueron a la ciudad universitaria, que no estaba demasiado lejos y donde, al ser domingo, no encontraron a nadie. Primero construyeron con una caja de cartón una especie de trineo para engancharlo a Sam y jugar a que les perseguían los lobos; luego descubrieron un estanque y metieron a Sam para ver cómo nadaba, porque Jesús dijo que todos los perros saben nadar desde el momento de nacer. Pero el San Bernardo resultó ser un perro perezoso y poco aficionado al agua. Entonces apareció un guarda que llevaba dos perros pequeñajos. Los dos amigos creyeron que su perro asustaría a los otros pero sucedió lo contrario y Sam salió huyendo a toda prisa.

Más tarde se tumbaron en la hierba y se quedaron mucho tiempo inmóviles mirando las nubes.

—Cuando yo era pequeño —dijo Jesús—, mi padre me contaba que había en el cielo un gigante muy bueno pero muy feo, el gigante Horripilante. Horripilante vive en un castillo entre las nubes, y a veces se asoma porque le gusta ver jugar a los niños, y finge ser otra nube. Mi padre decía que casi siempre, si te fijas bien, verás una nube con ojos, nariz y boca. Es el gigante Horripilante.

Elena dijo que era un cuento muy bonito, y que a menudo los cuentos bonitos dan algo de pena. Luego Jesús le preguntó que si era amiga de las Carmona, y ella dijo que ni hablar, y cuando las llamó Caramona él se partía de risa.

—Tengo dos amigas: María Tejada, que es empollona, con cara de torta, y Angelita Campo, que corre mucho y es muy buena en gimnasia y se da la voltereta en el plinto como si nada. Pero mi mejor amigo eres tú.

—Tú. también eres mi mejor amiga —dijo Jesús.

—¿Ya no te importa que te vean jugando con una niña?

—No. Ojalá pudiéramos estar siempre juntos.

A Elena le gustó que dijera aquello.

—¿Sabes? Aún tengo guardada la carta que me escribiste cuando estaba enferma. Me la sé de memoria.

—Ya casi no me acuerdo de lo que te puse.

Estaba claro que aquello no era cierto, porque diciéndolo Jesús miraba para otro lado y se ponía colorado. Elena, muy pensativa, se daba pellizquitos en la nariz preguntándose de qué modo podrían hacer una promesa de amistad

que fuera verdaderamente solemne. Y entonces tuvo una idea.

—¿Quieres que nos hagamos hermanos de
sangre? Ya sabes, como los indios. Hay que
hacerse una rajita en la muñeca y dejar que
nuestras sangres se mezclen. Tú tienes una
navaja.

La navaja de Jesús era pequeña pero afilada,
y él la tenía en mucha estima porque era la que
había usado en tiempos con su padre para cortar regaliz (Jesús decía paloduz) a la orilla del río.

—Será mejor que no lo intentemos —dijo
Jesús—, porque si no lo hacemos bien se
puede infectar y entonces coges una cosa que
se llama gangrena, y si no te pones en la herida un hierro al rojo vivo te mueres. Es como
cuando te pica una serpiente, que hay que
ponerse un hierro al rojo, pero primero es
necesario chupar el veneno porque si no te tienen que cortar el brazo o la pata donde te ha
mordido.

Elena, recordando la película que había visto
en Navidad, propuso entonces que se hicieran
hermanos de armas, para lo cual no hace falta
sangre, y Jesús estuvo de acuerdo. Así que, primero ella, para enseñarle cómo se hacía, puso
una rodilla en tierra y extendió los dedos sobre

la navaja mientras él la sostenía en la mano abierta.

—A partir de este momento somos compañeros y hermanos y correremos la misma suerte y compartiremos así las penalidades como la gloria de nuestras hazañas.

Luego lo hizo Jesús, que repitió todas las palabras sin equivocarse una sola vez.

Sam les miraba mientras hacían aquellas cosas, y los dos amigos le informaron de que era testigo del pacto, y como él comprendía que pasaba algo importante se puso a ladrar como no lo había hecho nunca.

—Ahora me gustaría darte un beso —dijo Jesús.

—Pero eso no es necesario. Que yo sepa, los hermanos de armas no van por ahí besándose.

—Nosotros sí —insistió Jesús.

Así que Elena (a quien en el fondo le gustaba la idea) se dejó besar en la mejilla. Y luego, sin que él se lo pidiera, le devolvió el beso.

* * *

El abuelo, siempre que veía a Elena decía:

—Tienes que estudiar mucho Elenita, y ser muy obediente.

Elena le confesó que a veces le costaba mucho estudiar, y el abuelo le respondía que no había más remedio, que era ley de vida. El abuelo siempre hacía el mismo comentario para todo. La abuela en cambio decía, cuando nadie podía escucharla, que una chica no necesita saber muchas cosas sino ser buena y trabajadora. Elena no estaba de acuerdo.

Cercano ya el fin de curso, los padres de Elena le permitieron ir alguna vez al cine con sus amigas. A ella le hubiera gustado más ir con Jesús pero no había ni que pensar en ello. Además Jesús le había dicho que nunca iba al cine porque su padre le explicó una vez que era insano. Elena no sabía si era insano o no; sólo que algunas películas le gustaban mucho.

Con los primeros días de calor a ratos se veían niños en la calle jugando a la pelota o montando en bici. También había niñas, y muchas tenían patines. Las Caramona se enganchaban a la bici de su primo King Kong y él las remolcaba aprovechando que la calle tenía algo de pendiente. El único que no tenía bici ni nada era Jesús, pero aun así todos le envidiaban cuando se iba a las afueras con Sam. Un día, Elena se unió a un grupo de niñas que jugaban a "lo que hace la madre, hacen las hijas". Fue bastante divertido. Las Caramona le presentaron a su primo, que no se llamaba King Kong sino Roberto.

Bien mirado, Roberto no era nada feo. No hablaba mucho, pero todo el tiempo la miraba a ella desde lo alto de su bicicleta, y al final dijo que cuando ella quisiera se la prestaría. Elena, acordándose de la pelea de Roberto King Kong con Jesús, no sabía qué responder.

Aquel día no vio a Jesús. Por la noche estuvo llenando una página de cuaderno con el nombre de él (en realidad escribía "Jim"), su hermano de armas. Se avergonzaba de haber estado simpática con King Kong. Luego contó las veces que le había cabido el nombre de Jim y le salieron quinientas cuarenta.

Después estuvo mucho rato mirándose al espejo. Ella no se encontraba guapa, sino más bien horrorosita. Cuando hablaba con sus amigas acerca de los otras chicas las clasificaban en dos categorías: las guapas y las horrorositas. Le hubiera gustado ser de las guapas mucho más que ser la primera de la clase.

Ante el espejo, se acordó de la frase que usaba sor Josefina cuando se impacientaba con alguna niña, y se la repitió a sí misma en voz alta:

—Definitivamente, es usted un alcornoque.

La Tejada decía que el alcornoque es un árbol, pero Elena lo dudaba. Aquel día tardó muchísimo en dormirse. Se sentía tan tonta —tan alcornoque— que tenía ganas de reírse o de llorar sin ningún motivo.

Se puso a calcular los días que faltaban para los exámenes, y por tanto para las vacaciones y para tener una bici propia. Descubrió que eran muy pocos y se dijo que acaso durante las vacaciones pudiera ver a diario a Jesús. Y al fin se durmió pensando en él.

5

LLEGARON las vacaciones.

Elena se despidió de sor Josefina, de sus compañeras, de María Tejada y de Angelita Campo, que tenía los ojos colorados de tanto llorar y no se sabía si era por las malas notas o por la separación. Las notas de Elena fueron muy buenas, mejores de lo que ella esperaba. Sus padres dijeron que como recompensa, en julio, la llevarían a la playa. De la bici, ni palabra. Elena no quiso mencionarla hasta que lo de la playa estuviera confirmado.

El primer día lo pasó en casa recogiendo las cosas del colegio y portándose como la más obediente de las niñas. De ese modo, al día siguiente le dieron permiso para salir a jugar a la calle.

—Las hermanitas Carmona son unas niñas

muy finas y bien educadas —dijo la madre de Elena—. Y siempre llevan la ropa como si acabaran de estrenarla. A ver si aprendes de ellas, hija, que me cuestas un dineral en ropa y en zapatos.

Fue precisamente a las Caramona a quien vio en primer lugar. Le dijeron que no tenían tiempo para jugar porque estaban haciendo los preparativos para irse fuera. No decían adónde. Elena estaba segura de que de haberse marchado a una playa de moda no hubieran dejado de pregonarlo. Era verdad que con sus vestiditos tan bien planchados parecían dos figurines de revista de modas. Pero a pesar de eso resultaban bastante horrorositas.

Estaba despidiéndose de ellas cuando vio venir a Jesús, que caminaba solo como casi siempre, con las manos en los bolsillos. En cuanto la vio él, corrió hacia el grupito con tal ímpetu que las Caramona huyeron despavoridas (y es así como desaparecen definitivamente de esta historia, cosa que no hay ningún motivo para lamentar).

Elena y Jesús se saludaron alegremente, se felicitaron por las buenas notas y se explicaron las últimas novedades acerca del hermanito de ella y del perro Sam.

—¿Quieres que vayamos a explorar? —propuso Jesús.

—Prefiero que hoy seamos piratas. Podríamos ir al Caribe a *abordajear* algún barco.

—Me parece que se dice abordar. Es una buena idea, pongamos rumbo al Caribe. Sé dónde hay una alberca que servirá perfectamente.

Elena no estaba segura de lo que era una alberca, pero estaba dispuesta a seguir a Jesús al fin del mundo, así que salieron del barrio y echaron a andar por un camino que ella conocía. Hacía ya bastante calor, y Jesús dijo que sería conveniente mojar un pañuelo y ponérselo sobre la nuca para evitar la insolación.

—¿Es lo que hacen los piratas, Jim?

—No. Eso me lo enseñó mi padre.

—Pero yo no tengo pañuelo.

—No importa, yo sí tengo uno.

—¿Y cómo vamos a usar uno para los dos?

Jesús le mostró el pañuelo, le pidió que sujetara fuerte por una punta, y sacó su navajita. Agarró el pañuelo por la otra punta y antes de que Elena pudiera impedírselo... raás, dos pañuelos.

Cruzaron unos campos (pero ellos bien se

daban cuenta de que eran bahías en las que podían estar ocultos los barcos de la escuadra inglesa), saltaron un seto (peligrosos arrecifes en los que casi se estrella su nave), y atravesaron la carretera (horrible tempestad en la que los coches y motos equivalían a rayos y truenos).

—En aquella isla —dijo Jesús señalando un edificio bajo y alargado— encontraremos una posada para reponer fuerzas con ron de Jamaica.

A Elena le pareció una excelente idea. Ser pirata era mucho más divertido que estar todo el tiempo vigilando la limpieza del vestido. Y lo mejor era que allí había bebida en abundancia. Era una planta embotelladora de gaseosas y refrescos; un par de empleados vigilaban las cintas por las que desfilaban las botellas desechadas. Lo único que había que hacer era tener cuidado para no cortarse, y por otra parte la bebida no estaba precisamente fresca, pero aun así a Elena le pareció un lugar prodigioso. Su admiración por Jesús, creció todavía más.

—¿Cómo descubriste esta posada, Jim?

—Fue en una de mis expediciones. Pero debes jurar que guardarás en secreto su existencia. Será nuestra Isla del Tesoro.

—Seré muda como una tumba, hermano Jim.

El calor, el polvo del camino, los mosquitos y la propia caminata, les habían dejado a ambos bastante maltrechos y sedientos, de modo que parecía que nunca se iban a cansar de beber. Entre el ron de naranja, el de limón, y el blanco, cada uno tomó al menos dos litros y medio. Cuando Elena, que hacía de capitán a ratos, propuso seguir, tuvieron que hacer un verdadero esfuerzo. Afortunadamente, la alberca —una especie de estanque o piscina no muy grande— estaba cerca. Por el camino Elena se dio cuenta de que podía oír el líquido moviéndose dentro de su barriga: Plop, plop.

Sabía que las niñas bien educadas no hablan de esas cosas con los chicos, pero algún tiempo antes había renunciado a considerarse a sí misma una niña bien educada, así que se lo dijo a Jesús. Resultó que también él podía oírlo, plop, plop.

La alberca impresionaba un poco incluso a dos curtidos piratas de los Mares del Sur. El agua estaba turbia y flotaban en la superficie unos bichos de patas larguísimas que a Elena le parecieron de la familia de las arañas. Ella nunca se había llevado bien con las arañas, y propuso que dejaran los abordajes y naufragios para otro día. Pero entonces ocurrió algo inesperado; Jesús la miró de la misma manera que el primer día cuando ella se había presentado con el abrigo blanco, y Elena adivinó lo que él estaba pensando.

—¿Crees que soy una niña como las Caramona? Sí, no digas nada, ya sé que eres capaz de negarlo ahora, pero lo estabas pensando. Es curioso, je, curioso y divertido, je, je, que tú precisamente seas el único en pensar así. ¡En mi casa me llaman chicazo! Y ahora llegas tú y dices... dices... ¿qué es lo que has dicho?

—Yo no he dicho nada, Ele.

—¡No me llames Ele!

—¿Elenita?

—¡Menos! Me llamo Elena, como Helena de Troya, que provocó una guerra entre griegos y romanos, para que te enteres.

Jesús estaba bien enterado y sabía que los romanos no habían pintado nada en aquella guerra, pero guardó silencio. Simplemente empezó a desnudarse.

—¿Te vas a meter? —preguntó Elena alarmada.

—Desde luego —afirmó Jesús, ya en calzoncillos—. No será la primera vez.

—Espera, puede ser peligroso. Mi padre me

contó que en su pueblo hay un pantano y más de una vez desapareció en él algún chico que se estaba bañando.

—Esto no es un pantano, Elena. Y sé nadar bien.

—No importa. También se ahogan los que saben nadar. Es una muerte horrible, te revientan los tímpanos y se te mete el agua en el cerebro.

—Nadie dice que te metas tú —respondió Jesús avanzando hacia el borde—. Bueno, allá voy.

Se lanzó de cabeza y desapareció bajo la turbia superficie. Elena contempló el agua angustiada. Se le ocurían toda clase de peligros que podían acechar a su amigo bajo el agua, desde pirañas hasta el mostruo del lago Ness. Y lo peor era que transcurrían los segundos y Jesús no volvía a la superficie.

Lo llamó gritando sin acordarse de que bajo el agua él no podía oírla.

—¡Jim!

Nada. Sólo unas burbujas. Transcurrieron varios segundos más que a Elena le parecían horas. Miró a su alrededor, cada vez más asustada, sin ver otra cosa que campos y huertos; nadie a quien pedir ayuda. Se quitó los zapatos

y se aproximó al borde. Tenía unos violentos deseos de llorar, pero se dijo que no era el momento, que lo que debía hacer era intentar el rescate aunque no nadaba demasiado bien.

Y sin perder tiempo en quitarse la ropa, se tiró al agua... justo en el momento en que Jesús asomaba a la superficie.

Elena le llamó idiota y gritó de pánico pensando que iba a ser ella quien se hundiera. Con la cabeza bajo el agua, sintió el contacto de algo que en un primer instante le pareció una culebra. Luego comprendió que era Jesús, que la sujetaba para ayudarla a flotar. Miró su rostro sonriente y se prometió que en cuanto estuviera a salvo le borraría la sonrisa a bofetadas, pero él la sacó tan suavemente, la dejó en la orilla con tal facilidad, que Elena se sintió como una heroína de película y no quiso estropearlo.

—¿Por qué lloras? —preguntó él de pronto.

No le respondió. Se obstinó en mantener los ojos cerrados. Lloraba sobre todo por su vestido mojado y sucio, pero él debió de figurarse algo más grave y, muy preocupado, le apartaba el pelo de la frente sin que Elena, tendida en la hierba, se moviera.

Olía muy bien la hierba, y era agradable estar tumbada al sol con la ropa mojada, y que Jesús le apartara con tantísimo cuidado los cabellos y que estuviera preocupado por ella. Elena lo descubrió de pronto, y se sintió muy feliz, feliz como un alcornoque. Abrió los ojos y se quedó muy sorprendida al ver que Jesús también lloraba.

—¿Qué pasa? ¿Por qué estás llorando? —preguntó.

—Por ti —dijo él.

—Si no me ha pasado nada, tonto. Además, los hombres no deben llorar.

—Déjame en paz con eso, estoy harto de oírlo.

Elena pensó por primera vez en su vida que acaso tampoco era fácil ser un niño. Incorporándose, besó a su amigo, que no se lo esperaba, y dijo que ya era hora de ir volviendo. Se puso los zapatos y aguardó a que él se vistiera.

Cuando Jesús estuvo vestido la tomó de la mano y le pidió que fueran así, cogidos, hasta pasar la carretera.

Fue ella, en medio de la carretera, mientras corrían para sortear los coches, la que dijo:

—Si quieres podemos ser novios, pero no se lo digas a nadie.

Después, por el polvoriento camino entre los campos, Jesús le recordó que ya eran mucho más que novios.

—Somos compañeros y hermanos —dijo en tono solemne, y Elena se dio cuenta de que repetía las palabras del pacto— y correremos la misma suerte y compartiremos así las penalidades como la gloria de nuestras hazañas.

A ella le emocionó que Jesús recordara todas las palabras del pacto, pero bromeó diciendo que lo primero que iban a compartir sería una paliza por volver tarde a casa para no variar. De la ropa no dijo nada, pero lo cierto era que cuanto más se secaba peor aspecto tenía. A su madre le iba a dar un soponcio cuando la viera.

Entrando ya en su barrio, sacó Jesús la navajita y se la entregó para que ella la guardara. Elena no entendía la razón, y él dijo que era una prenda para garantizar que volvería.

—¿Es que te vas a alguna parte?

—Sí, a un campamento de verano.

—¿Cuándo te vas?

—Mañana.

—¡Y no me habías dicho nada!

—Sólo hubiera servido para amargarnos el día.

Elena tuvo que reconocer que él estaba en lo cierto. Jesús le explicó que hasta cierto punto le obligaban a ir al campamento, porque sus padres no tenían dinero para vacaciones y de ese modo él podía salir de la ciudad.

—¿Me escribirás?

—Claro.

—¿Es un campamento mixto, o sólo de chicos?

—Sólo chicos.

Eso tranquilizó a Elena aunque no alivió la tristeza de estar separados durante los quince días que duraba el campamento.

—Yo también quiero dejarte una prenda —dijo—. Creo que en los tiempos en que había hermanos de armas las damas entregaban a su caballero un pedazo de tela, así que toma.

Y en un instante, con la navajita, cortó un pico de su blusa y se lo entregó a Jesús. Al fin y al cabo la ropa estaba tan arrugada que un trocito de blusa más o menos ni siquiera se notaría.

Se despidieron en la esquina. Jesús corrió a su casa y Elena subió las escaleras de la suya muy despacio, sin dejar de repetirse que quince días son una eternidad y que en ese plazo pueden cambiar los sentimientos y hasta las personas. Se arrojó en brazos de su madre llorando con tal desconsuelo que la madre, de momento, ni siquiera le preguntó de dónde salía con aquel aspecto de vagabunda.

6

ELENA se aburría. Según sus propias palabras, se aburría como una ostra sin perla.

Su madre no le daba dinero para ir a la "tebeoría", y encima le había asegurado que podía ir olvidándose definitivamente de la bici, como castigo por haber maltratado la ropa. Su padre se negaba a intervenir en aquella cuestión por más que Elena intentaba razonar con él:

—Papá, prefiero mil veces la bici a ir a la playa.

—Pero hija, la playa también la podrá disfrutar el nene, y sin embargo la bici no. No seas egoísta.

—¿Quién ha sacado buenas notas, el nene o yo?

—Hija, no querrás que discuta con tu madre.

A las compañeras del colegio había dejado de verlas, y las niñas del barrio no acostumbra-

ban a salir. Los chicos sí, y tal vez hubiera baja-
do a jugar con ellos, pero al pensar en Jesús se
decía que eso sería una especie de traición
teniendo en cuenta que muchos estaban pelea-
dos con él. A quien veía a menudo desde el
balcón era a Roberto, el King Kong de la bici.

Sus padres fijaron la fecha de las vaciones, y
Elena advirtió que quedaban muy pocos días de
margen entre el regreso de Jesús y la marcha
de ella. Cometió la imprudencia de decirle a su
madre que renunciaba a las vacaciones.

—Prefiero quedarme en casa de los abuelos.
Así no tendré que volver a separarme de... mis
amigas.

—¿Amigas? Mira niña, no pienses que soy
tonta. El único amigo que tienes tú en este
barrio es ese golfo. Ya me dijeron que habían
vuelto a verte con él, a pesar de que te lo
prohibí expresamente. Pero esas tonterías se
han acabado. Cuando volvamos de la playa
tampoco lo verás más.

—¡No hay derecho!

—¡A callar!

Pasó más de una semana sin que Jesús escri-
biera. Eso la tenía muy inquieta porque no
sabía cómo interpretarlo. Ella no podía escribir-

le porque ignoraba la dirección del campamento, lo único que sabía era que se hallaba cerca de un pueblo de montaña al norte de la provincia.

Por fin, un día, cuando salía a pasear al nene, se encontró con el cartero en la misma puerta de su casa.

—Tú eres Elena, ¿verdad? Hoy también tienes carta.

Elena recogió el sobre sin acertar a preguntarle cuántas otras cartas habían llegado anteriormente para ella. Estaba claro que su madre se quedaba con ellas. A Elena le pareció que aquello ya era verdaderamente cruel, pero la alegría de la carta que tenía en las manos le impidió entristecerse demasiado.

Buscó un lugar discreto (el portal de Jesús, precisamente) y allí abrió el sobre y dejando que el nene se tirase por el suelo y se manchara a gusto, leyó:

Querida Elena:

Estoy desesperado. Ya no sé qué pensar. Te escribí al día siguiente de llegar, para darte la dirección exacta, y he vuelto a escribir todos los días desde entonces. ¿Es que no has recibido mis cartas? ¿Y si las has recibido por qué no contestas? Me pregunto si te habrá ocurrido alguna desgracia, o si estás enfadada por algo que yo haya hecho o dicho el día que fuimos al Caribe. Es posible que te riñeran tanto por mojarte que no quieras saber nada más de mí, pero por lo menos podías escribir para acabar.

De todos modos, vuelvo a contarte a continuación algunas cosas de aquí, por si no te llegaron mis otras cartas. El Campamento me gusta bastante, lo malo es que no le dejan parar a uno, todo el rato venga a hacer cosas, manualidades, inglés, cursillos raros. Menos mal que todo lo hacemos al aire libre. Si esto son unas vacaciones que venga Dios y lo vea. Vivimos en tiendas de campaña como los indios y ayer vi unas huellas que me parece que eran de oso y tengo muchos amigos pero naturalmente ninguno es mi Hermano de Armas. Estoy aprendiendo a orientarme con las estrellas y la brújula. Antes de irnos a dormir hacemos hogueras y contamos cosas y yo les he hablado a mis mejores amigos de ti y todos dicen que nunca han conocido una niña como tú. Que se chinchen.

Por favor, si recibes esta carta no dejes de contestarme aunque nada más sean unas pocas palabras. Mientras tú no me digas lo *contrario seguiré pensando que estamos juntos a todas horas, incluso ahora mientras te escribo me figuro que estás conmigo y también me figuro otras cosas pero esas no se pueden decir por carta.*

Muchos besos,

Jim

Aquel mismo día Elena escribió una larga carta a Jesús poniéndole al corriente de la oposición de la madre de ella a que siguieran siendo amigos. Le aseguraba que aunque todo el mundo estuviera en contra de ellos no conseguirían separarles, y que si lo conseguían no les valdría de nada porque ellos esperarían años y años si era necesario.

Se sentía muy animada al escribir, pero después de echar la carta ya no lo estaba tanto. La idea de estar años y años separada de Jesús le parecía intolerable.

Tomó la decisión de portarse como una niña modelo para que su madre no pudiera negarse a entregarle las otras cartas. Y hay que reconocer que lo consiguió durante dos o tres días, lo que tiene bastante mérito porque ser a todas horas una niña modelo resulta pesadísimo.

Todavía estaba empeñada en ello cuando comenzaron las fiestas del barrio y su madre le autorizó a salir con Angelita Campo y pudo ir con ella a ver la verbena y el cine al aire libre.

La película era de "emoción, intriga, y dolor de barriga", según decía Angelita, pero hacia la mitad, mientras cambiaban el rollo, decidieron ir a curiosear a la verbena.

En la verbena, junto con otros chicos, estaba Roberto. Se le veía en seguida porque era el más alto del grupo. Angelita opinó que era muy guapo y no estuvo de cuerdo con Elena, que le encontraba algo de cara de mono. Entonces Roberto se acercó junto con otro y las invitaron a bailar medio en broma, pero Angelita lo tomó en serio y salió a bailar con él aunque bien se veía que Roberto hubiera preferido bailar con Elena.

Elena no había bailado nunca y se quedó hablando con el otro chico asombrada del desparpajo de su amiga. Cuando acabó aquella canción, Roberto y Angelita volvieron con ellos, y él sacó un cigarro y se puso a fumar como un hombre. Entonces la sacó a bailar a ella. Elena se encontró entre otras parejas, medio enfadada con King Kong porque él la llevaba casi a la fuerza, pero también complacida porque la prefiriese a ella y no a Angelita.

Roberto no bailaba muy bien. La pisó dos veces. Le hablaba de vez en cuando pero ella, con tanta algarabía, apenas podía entenderle. Él le repitió varias veces que le gustaría mucho prestarle la bici. A Elena le pareció que no había nada malo en aceptar. Entre canción y canción, Angelita se aproximaba a ellos y trataba de entablar conversación con Roberto, pero él apenas la miraba.

Cuando llegó la hora de irse, Roberto se ofreció a acompañarlas. Dijo algo al oído de su amigo, que se apresuró a emparejarse con Angelita, y él se quedó rezagado con Elena.

—¿Sabes que mis primas no hacen más que hablar de ti? Yo creo que en el fondo te tienen envidia.

—No veo por qué.

—Porque eres mucho más guapa que ellas.

Elena no quiso preguntarle si esa era la opinión de las primas o lo que él pensaba. Al pasar por una heladería aún abierta, Roberto invitó a los cuatro. De nuevo se separaron porque el amigo de Roberto obligaba a Angelita a caminar muy deprisa. Elena dijo que le gustaban mucho los helados pero que casi nunca tenía dinero para comprarlos.

—Tampoco a mí me dan mucho —respondió Roberto.

Y luego, sin duda para impresionarla, añadió:

—Aunque si quisiera podría tener un montón de pasta. Sé de dónde sacarla.

—Y yo. Del Banco de España.

—No, en serio. Me refiero a un sitio donde tienen tantos objetos de valor que si me llevase uno o dos ni los echarían en falta.

—Estás loco. ¿Es que serías capaz de robar?

—No sería un robo. Tengo la llave. Sólo necesito entrar y coger lo que más me guste: una bandeja de plata, un candelabro...

De pronto Elena comprendió que Roberto había pensado más de una vez en lo que ahora decía, e incluso adivinó cuál era aquel sitio donde abundaban los objetos valiosos. Ella había estado una vez en aquel lugar. Hasta habían hecho una marca en la pared señalando su estatura. ¿De qué otro lugar iba a tener Roberto las llaves sino de casa de sus primas? Seguramente le habían encargado que pasase de vez en cuando a regar las macetas o algo por el estilo.

Ahora era cuando Elena estaba de veras impresionada ante aquel niño que hablaba tranquilamente de robar a sus propios tíos. Le explicó que entrar en una casa sin permiso de los dueños es un delito que se llama allanamiento de morada (acababa de aprenderlo en una película) pero Roberto se echó a reír y respondió que él tenía autorización de los dueños para entrar en el lugar al que se refería. Entonces Elena ya no tuvo dudas de que hablaba de la casa de sus primas.

—Estás loco —repitió, por no decirle algo peor.

—De loco nada. Lo que coja lo llevaré a vender bien lejos del barrio. Lo tengo bien planeado. Incluso puedo romper un cristal de alguna ventana y así si echan en falta algo pensarán que entraron ladrones.

Era cierto pues que lo tenía todo bien planeado, pero a Elena no le pareció más listo por eso. Hablaba demasiado para ser inteligente.

Como ya habían quedado para el día siguiente no quiso decirle lo que pensaba de él, pero se propuso que sólo daría una o dos vueltas en su bici y luego no le hablaría más. Tal vez eso no fuese muy correcto pero se dijo que no siempre es posible hacer lo mejor. Si fuera posible, ella no se habría separado nunca de Jesús. Fue al acordarse de él cuando se despidió de Roberto a toda prisa y se fue a casa.

* * *

La bici estaba muy bien, pero Roberto resultó ser un pesado que insistía en llevarla de paquete, cuando Elena lo que deseaba, como es natural, era montar sola.

Llevaba tanto tiempo Elena sin montar en bicicleta que cuando al fin pudo conducirla ella sola iba haciendo eses. Le molestó ver que Roberto se sonreía, y para demostrarle que sabía montar perfectamente se soltó y condujo un rato sin manos. Fue una lástima que acabara por perder el control y chocara contra el bordillo. Cayó de lado, golpeándose en una rodilla, y supo que es verdad que se pueden ver las estrellas en pleno día.

Roberto llegó a su lado corriendo, alarmado porque la rodilla de Elena había empezado a sangrar. Pero ella, aunque estaba pálida de dolor, no se quejó apenas y desde luego no lloró, por lo menos voluntariamente. Roberto se puso en seguida a examinar su bicicleta, con una prisa que a ella le parecía de una grosería imperdonable.

—No le ha pasado nada a tu bici. Y si se ha roto algo no te preocupes que yo lo pagaré.

—Es una bici casi nueva —se disculpó Roberto.

—Y tú eres un niño casi imbécil. Estoy desangrándome y lo único que te preocupa es tu bici.

Roberto, malhumorado, no respondió. Acababa de descubrir algo que seguramente había salido de un bolsillo de Elena en la caída. Vio que era una navaja y le extrañó que ella llevara una cosa así, pero la guardó sin decir nada. Elena, que se echaba saliva en la rodilla herida, no se había dado cuenta. Roberto pensó que más tarde la haría rabiar un poco antes de devolverle la navaja. Si es que se la devolvía. Era pequeña pero parecía una navaja bastante buena.

La miró más detenidamente cuando Elena subió a su casa (todavía enfadada con él). El mango tenía el tamaño justo para la mano, era de madera y llevaba un nombre grabado: Jesús.

7

EN vísperas del regreso de Jesús, Elena volvió a leer *La Isla del Tesoro*. Seguía sin entender a John Silver, el de la pata de palo, que a veces era amigo de Jim y a veces le traicionaba. Probablemente Jesús también se sentiría traicionado, y con razón, si se enteraba de que ella había estado bailando y montando en bicicleta con Roberto. Hubiera querido hacer algo que le demostrase la lealtad de ella. Se pasó toda una mañana pensando y pensando. Y como siempre que pensaba en algo difícil se daba pellizquitos en la punta de la nariz, al final de la mañana la tenía roja como un pimiento.

Todo lo que se le ocurría era demasiado peligroso. Hacerse un tatuaje con el nombre de él estaría bien, pero él mismo le había advertido que si un brazo se gangrena hay que cortarlo.

Una gran pintada que dijera "Elena ama a Jim" no sería tan peligrosa... hasta que la viese su madre, que la vería. Tal vez lo mejor sería llevar siempre encima algo que la relacionase con él, del mismo modo que las prometidas llevan un anillo, pero naturalmente tenía que ser algo menos comprometedor que un anillo. Fue entonces cuando recordó la navaja, y advirtió que la había perdido.

Es fácil figurarse su disgusto. No se trataba de un objeto cualquiera sino de la posesión más valiosa de Jesús, que la había recibido de su padre. Y él se la había dejado en prenda; en prenda de amor, para decir la verdad. Elena la buscó inútilmente por toda la casa, desesperada porque no podía preguntar a su madre y porque tenía una sensación difícil de definir y muy inquietante. Le parecía que la pérdida no era sino la premonición de que algo estaba a punto de ocurrir.

Y llegó por fin el día de la vuelta de Jesús.

Elena le vio en seguida desde el balcón. Ahora las ramas del plátano habían crecido mucho y casi la ocultaban a ella, pero no le impedían observar; eso la hacía sentirse como una de aquellas princesas de la Edad Media siempre ocultas en la torre de su castillo y vigilando el camino por el que había de llegar su caballero.

Su caballero estaba bronceado, con el pelo de un tono más claro, y parecía haber crecido. Elena lo encontró tan guapo que el corazón le dolía sólo de mirarlo. Él la vio a pesar de todo. En silencio para no llamar la atención de la madre de ella, la miraba serio como siempre, demostrando con su actitud que esperaría todo el tiempo necesario hasta que ella pudiera salir.

Y Elena apenas podía contener su impaciencia. Irían juntos al más alejado de los sitios que él conocía, y él le contaría todo lo que había hecho en el campamento y cómo la había echado de menos, y ella le confesaría todo y volverían a ser hermanos como antes. Tendidos en la hierba, mirarían pasar las nubes —y entre ellas la cara del gigante— y tal vez él le apartase muy suavemente los cabellos de la frente, como el día en que la salvó de morir ahogada, o casi. Y entonces ella...

Elena estaba todavía en su balcón aguardando la hora en que tenía permiso para salir —aunque fuese para pasear a su hermanito— cuando llegó aquel hombre que iba a estropearlo todo.

Elena sólo lo había visto una o dos veces,

pero no tuvo dificultad en reconocerlo: era el padre de las Caramona. Él mismo tenía un cierto parecido indudable con un simio. Y, como un gran gorila, se acercó silenciosamente a Jesús y lo atrapó por sorpresa entre sus brazos robustos y peludos. Jesús se quedó tan desconcertado que ni siquiera intentaba resistirse, aunque de poco le hubiera valido. En cuanto a Elena, fue como si la sangre se le hubiera helado en las venas. No podía comprender qué razones tenía aquel hombre para obrar así, pero era evidente que estaba muy enojado con Jesús.

Vio cómo se lo llevaba a la fuerza hacia el lugar donde había aparcado el coche, y cómo Jesús, reaccionando por fin, se debatía valientemente. Pero el hombretón era muy fuerte y no le concedía la menor oportunidad de escapar. Elena, indignada y atónita, no sabía si pedir ayuda desde el balcón o correr a la calle para ayudar a su amigo por sí misma. Optó por esto último, y estaba saliendo ya cuando su madre exigió una explicación de aquellas prisas.

—¡Es un secuestro! ¡Se lleva a Jim! —respondió ella atropelladamente.

La madre, que no comprendía nada, se limitó a prohibirle que saliera. Pero nada en el

mundo hubiera detenido a Elena en aquel momento. Bajó las escaleras tan deprisa como nunca lo había hecho en su vida, cruzó la avenida sin mirar a los lados —y eso estuvo a punto de costarle muy caro— y alcanzó a su amigo en el momento en que el hombre ponía en marcha el coche.

—¡Jim!

—¡Elena!

El hombre ni siquiera la miró. Arrancó violentamente y Elena vio sin poder evitarlo cómo el coche se lanzaba avenida arriba. Jim, sentado junto al conductor, se volvió y la miraba fijamente, y aun en la distancia Elena pudo advertir que estaba muy pálido. Lo llamó de nuevo y corrió tras el coche por la calzada sin importarle el peligro, hasta que el automóvil giró en un cruce y se perdió de vista.

* * *

Las horas siguientes fueron para Elena como una terrible pesadilla. Su madre le prohibió terminantemente volver a salir; le encomendó la custodia del pequeño mientras ella iba a comprar y, a la vuelta, estaba todavía más enojada.

—¿Ya sabes lo de tu amigo? ¿No te dije yo que era un golfo?

Elena se apresuró a preguntarle si sabía quién era el hombre que se había llevado a Jesús.

—El padre de las Carmona. Ha vuelto antes que el resto de la familia y se ha encontrado con la sorpresa, pobre hombre.

—Por favor, mamá, no entiendo nada. ¿Qué es lo que ha hecho Jesús?

—¡Robar! ¡De tal palo tal astilla! ¡Se ve que ha salido al padre!

—¿Pero cómo puede haber robado, si estaba en un campamento?

—Hija, yo no sé cuándo ha robado. Puede que lo hiciera antes de irse al campamento. Hace más de quince días que los Carmona se fueron.

—¿Entonces es en casa de los Carmona donde dicen que ha robado?

—¿Pues no te lo estoy diciendo? Pareces tonta, hija. Aunque la tonta he sido yo. Tonta o algo peor, por permitirte esas amistades. Estaba claro que ese chico no acabaría bien. Ahora todo el mundo hablará de que mi propia hija le acompañaba a todas partes, seguro, la gente es muy mala. Pero te aseguro que no volverás a verlo en tu vida. Aunque supongo que lo internarán en un reformatorio.

Elena, muy pensativa, se pellizcaba la nariz

sin creer por un solo instante que su amigo fuera un ladrón. Ella podía ayudarle, tenía que ayudarle, pero era necesario proceder con cautela y en primer lugar poner a su madre de su parte.

—¿Entonces el padre de las Carmona lo que ha hecho es llevarlo a la comisaría?

—Claro.

—¿Se han llevado muchas cosas de la casa?

—Eso no lo sé, pero ten en cuenta que es una casa muy bien puesta, y seguramente abundan los objetos de valor.

—¡Objetos de valor!

Fue esa expresión la que puso en marcha la memoria de Elena. Alguien —y ella recordaba muy bién quién había sido— se había servido de las mismas palabras pocos días antes. Entonces Elena hizo la pregunta decisiva:

—¿Pero cómo pueden estar seguros de que el culpable es Jesús?

—Hay una prueba, hija. Han encontrado en la casa una navaja que pertenece a ese golfo. Lleva grabado el nombre en la empuñadura. Figúrate, incluso iba armado, un niño de doce años.

—¿Armado? ¡Armado! ¡Una navajita de

menos de cuatro dedos! Hace tiempo que él ya no tenía la navaja.

—¿Y tú cómo lo sabes?

—¡Me la dio a mí!

—¡Niña, no mientas! ¿Por qué iba a hacerlo?

—No puedo decírtelo.

—Y si te la dio a ti, ¿cómo explicas que haya aparecido en casa de los Carmona? ¿Has entrado tú en esa casa? Ya ves que es inútil que mientas.

—Sé quién tenía intención de robar ahí.

—¿Quién?

—Roberto, el primo de las Carmona.

—¿Estás loca? ¿Hasta dónde eres capaz de llegar para defender a ese golfo? Si el primo de las Carmona pensase robar en casa de sus tíos no te lo habría anunciado a ti. Y tampoco necesitaría entrar rompiendo un cristal.

Elena, desalentada, guardó silencio. Su madre nunca la creería. Dejó de escucharla, y mientras la madre se compadecía de la madre de Jesús ("pobre mujer, como si no tuviera bastante desgracia con ese marido"), ella comenzó a tramar un plan.

Lo primero era no perder más tiempo intentando razonar, ni mucho menos llorando. Aquello era un problema grave y exigía una solución valiente. Jesús, con su padre en la cárcel, sin amigos, le había enseñado sin necesidad de palabras que hay una clase de valor que nace del sentimiento de justicia y de la confianza en uno mismo. Sólo ella, culpable de haber perdido la navaja, podía ayudarle ahora.

Elena recordó el primer día en aquella casa. El frío, Jesús jugando solo en la calle, las ramas del plátano totalmente peladas, su decisión de hacer una huelga de hambre. Desde entonces no había vuelto al trastero. No era más que un pequeño cuarto casi vacío, sin interés. Pero tenía algo especial que aquel primer día le había hecho pensar en la bodega de un barco: una trampilla.

Y por esa trampilla podía accederse al tejado.

Sería peligroso, más peligroso que un tatuaje o un mensaje pintado en la pared, pero valía la pena intentarlo.

8

No la descubrieron hasta mucho después de la hora de la comida, cuando su ausencia les hizo creer que se había escapado y su madre salió a preguntar a las vecinas si la habían visto.

Fue ella quien la descubrió, a pesar de que Elena permanecía sentada en lo más alto del tejado, incapaz hasta de ponerse en pie por miedo a caer.

Había comprobado que algunas tejas se rompían fácilmente con sólo pisarlas, y que en la pendiente que daba al norte había musgo resbaladizo. A pesar de tener sólo dos pisos, la altura de la casa era considerable porque había sido construida en una época en que las habitaciones eran de techos muy altos. Elena no tardó en descubrir que el vértigo la asaltaba con sólo mirar abajo.

—¡Hija mía! —gritó la madre, horrorizada al verla allí arriba.

Elena no dijo nada ni intentó moverse. Se reservaba para el momento oportuno. Creyó que su madre le reñiría o la amenazaría, y se sorprendió al ver que, por el contrario, se llevaba las manos al pecho y apenas acertaba a hablar.

—¡No te muevas, cariño! —exclamó por fin—. ¡Ahora subirá tu padre a por ti! ¡No intentes moverte!

—¡No! —respondió Elena firmemente— si papá se asoma por la trampilla, me tiro de cabeza.

—¡Hija mía! —repitió la madre—. ¡Hija mía! ¿Pero qué tienes, por qué haces esto?

Al oír los gritos, algunos vecinos habían empezado a aproximarse y procuraban aconsejar a la madre de Elena, aunque cada uno tenía una opinión distinta. También el padre de Elena, con el pequeño en brazos, salió y se unió al grupo. El hermanito de Elena, en cuanto la vio, rompió a llorar. El padre anunció su intención de subir, y Elena repitió que si lo intentaba se tiraría sin darle tiempo a llegar hasta ella. Algunos curiosos se pusieron a opinar sobre si la caída era necesariamente mortal o no. En lo que todos estaban de acuerdo era en que Elena hablaba en serio.

La madre volvió a preguntar qué era lo que se proponía, y entonces Elena, juzgando que ya tenía bastante público, se puso en pie con dificultad. Hubo un murmullo de horror entre los curiosos porque algunos pensaron que iba a cumplir su amenaza de arrojarse al vacío.

—Quiero que venga el señor Carmona. Y también Jesús.

—Pero hija, no podemos obligar a nadie a venir contra su voluntad.

—Pues entonces me tiro.

El padre de Elena, sin perder más tiempo, corrió en busca de las personas que ella exigía ver, a pesar de que el pobre hombre no podía comprender qué era lo que su hija se proponía.

Entre tanto, avisados misteriosamente, iban apareciendo cada vez más curiosos hasta que en la esquina entre la avenida y la calle de Jesús se formó una muchedumbre. Se oían voces reclamando la presencia de la policía y los bomberos, pero antes que ellos llegaron los abuelos de Elena en un taxi. La madre, que no comprendía quién podía haberles avisado, los abrazó llorando. Alguien se apresuró a informar a ambos ancianos de que Elena hacía aquello porque estaba enamorada de un muchacho.

El abuelo la miraba más admirado que preocupado, y se limitó a pedirle que no se moviera hasta que fueran a rescatarla, y a los que estaban junto a él les repetía:

—El amor ya se sabe: es ley de vida.

Volvió el padre con el señor Carmona, y también llegaron Jesús y su madre, que regresaban en ese momento de la comisaría. Ante la multitud, que había acabado por interrumpir el tráfico en la avenida, Elena habló con voz firme:

—¡Jesús es inocente! ¡Él no tenía la navaja, me la dio a mí!

Se rogó a los bomberos que no intervinieran hasta que ella hubiese acabado, confiando en que accedería entonces de buen grado a ser rescatada. El silencio era total. Todas las cabezas, vueltas hacia arriba, tenían una expresión tensa y preocupada aunque muchos no sabían a qué se refería Elena.

La madre lloraba abrazada a la abuela. El abuelo y el padre permanecían inmóviles escuchándola con la mayor atención, y Jesús la miraba intensamente, abrumado por el peligro que corría Elena, mucho mayor que la importancia de una denuncia.

Entonces, el hombre a quien iban dirigidas principalmente las palabras de ella dio un paso al frente con los robustos y peludos brazos alzados como si temiera verla caer de un momento a otro.

—¡Te creo, pequeña! ¡No es necesario que sigas arriesgándote, te prometo que voy a retirar la denuncia!

Hubo murmullos de expectación. Alguien, posiblemente niños pequeños, aplaudió con entusiasmo. —¡Si eso es cierto, dele la mano a Jesús! —exigió Elena. Sin pronunciar una palabra, el hombre ofreció a Jesús su mano extendida. Jesús la aceptó estrechándola igualmente en silencio. De nuevo se escucharon algunos aplausos, pero el hombre los hizo acallar con un gesto y habló de nuevo.

—Mi sobrino Roberto acaba de confesarlo todo. Repito que Jesús es inocente.

Hubo gritos de entusiasmo cuando el hombre sacó de su bolsillo la navajita y se la devolvió a Jesús. Elena quiso retroceder para reunirse cuanto antes con su amigo. El fuerte sol y el mar de cabezas que se agitaban abajo la habían aturdido. Sintió una nueva oleada de vértigo y de pronto sus pies resbalaron y rodó hacia el vacío.

Un grito de espanto surgió de cien bocas.

Los bomberos apenas habían tenido tiempo de desplegar la lona en previsión de la caída.

Lo último que sintió Elena fue la impresión de que unos brazos la acogían atenuando el golpe y que rebotaba en ellos, de uno a otro, hacia abajo, hacia abajo.

Hasta mucho después no supo que eran las ramas del plátano las que la habían salvado.

Lo primero que vio al abrir los ojos fue un diminuto pedazo de tela que ella conocía bien. Era el trozo de su blusa que un día había entregado a Jesús.

Él le limpiaba el sudor de la frente con expresión preocupada, inclinado sobre ella como el día de la alberca. Sólo que esta vez estaban en la propia casa de Elena. Y a ella no le pareció extraño que hubieran permitido a su amigo cuidarla, porque era justo que por fin pudieran estar juntos.

—No hables —susurró Jesús—. Tienes fiebre y el médico ha dicho que no hagas ningún esfuerzo.

Elena cogió la mano de su amigo sin preocuparse de que sus padres pudieran entrar de pronto en la habitación y sorprenderles así.

—Jim...

—Calla. Soy yo quien tiene que hablar, tengo varias cosas que contarte. En primer lugar, que no tienes nada grave. Se trata de la pierna, estarás unas semanas sin poder andar bien.

—No me importa.

—Naturalmente, tus padres han dicho que así no puedes ir de vacaciones. Tendrás que quedarte en la ciudad... y podremos vernos todos los días.

Elena apretó con fuerza la mano de él.

—Después, hay otra novedad: mi padre sale uno de estos días. Cuando estés bien podremos ir los tres a buscar aventuras.

Elena sonrió sin responder. Se sentía muy débil, pero no quería cerrar los ojos hasta que él no dijese lo más importante de todo.

—Y aún tengo que decirte otra cosa.

Las ramas del plátano se mecían movidas por la brisa al otro lado de los cristales. En el pequeño cuadrito colgado junto al balcón, el barco velero se movía lentamente hacia su destino.

Jim se inclinó más aún y se apresuró a pronunciar aquellas palabras porque ya unos pasos se aproximaban por el pasillo.

—Te quiero.

Entonces Elena cerró los ojos y dejó que él, muy suavemente, fuese retirándole de la frente, uno a uno, los cabellos.

TÍTULOS PUBLICADOS

En la realización de esta obra han colaborado las siguientes personas: **coordinación editorial,** Georgina Villanueva; **colaboradora,** Charo Mascaraque; **equipo técnico,** José Antonio Llorente.

© de la edición: GRUPO ANAYA, S. A. - 1989 - Madrid: Josefa Valcárcel, 27
Depósito Legal: M. 35.280 - 1989 - ISBN: 84-207-3534-5 - Printed in Spain
Imprime: Josmar, S. A. - Artesanía, 17 - Polígono Industrial de Coslada
(Madrid).